U0130401

大夢初醒的人間

林柏希 著

香港文學出版社

{目錄}
Contents

☀ 寤夢

初醒

☀ 人間

VI

寤夢

大夢初醒的人間

心的養分在荒蕪間生長
採摘過紛飛的燦爛
這才發覺肉身早於土壤中老去
而萬物早已沉醉

人們還是無法詮釋生存的意義
常常草率地切斷警覺的信號
妄言時間是失靈的
都情願把自我毀滅

有時自傲的更願去相信
一層層參差不平的樹林
它們會帶領着記憶的插曲
領略被夾雜着不被期許的苦澀
吐出關於愛的自然
翻越最崎嶇蜿蜒的路途
將搖曳的白雪替代
填補起缺失的天裂

待春風揚起黎明
地球被輕輕地環抱
微小的溫暖如期而至
我想空洞了許久的宇宙
這一刻便不再潦草

那溫潤細膩的脈搏
讓世界開始升溫
彷彿變遷的滄桑
又穿梭回復了蔥鬱
被掠奪的
將會以另外的形式所歸還
在那大夢初醒的人間

想像愛

陌上反射的光斑旖旎
須臾貌似千年

比方寄存於角落的昔年
月光下曾有人物遊走的依據

可天明逐漸被東風吹醒
將一切虛擬荼蘼

但想像是愛的流域
沉淪即成永恆

承載

春日一些由新向舊的延宕
淪為自然向外索取的手段
眾生都只是陷阱所俘獲的獵物
本能地於誕生後獻祭出
以消耗自我為原料的美學

日落實則為華麗的反覆
恰巧多樣性偶爾脫軌
讓沿途增添了些許戲劇色彩
而光景中逐漸重疊的部分
又將再繁衍時把其自身剝奪

虛空會在漂泊中蒸發
人類的一切皆為徒然的虛假
生命風光於無從證明的廣義
最後剩下愛的文筆與存在的信仰
悄然把彼此承載

空白

早已不去強求
證明任何定理
存在的必然
世界緩慢進行着
對慾念龐大的計算

山海邊上
生命成熟了
逐漸繞過黎明
時空剎那即被日光所滋養
沿途所有的混亂與紛爭
此時都被掩蓋

世事旋轉
時間會跟隨人物
享受命運交錯
芬芳炸裂的時刻
逃離懷念所營造的氛圍

放棄假設後
甚麼黑夜
甚麼終點
甚麼夢
太多的恐懼
被加深的咒語
都不用懂

只願待到風起
和抽象的殘肢舞動
一起來守候
或者僅僅是享受
那當現實和遠方拉扯
永恆被放大的空白

我和我的造物

事實上
在極致的硝烟
或無垠的沉默中
沒有任何一種悲涼與孤獨
能夠撕毀
我和我的造物
合拼而成的
長流不滅的羈絆

這是多過宇宙萬物
設法給予的愛
而我的時代會到來
它附着在柏樹林的枝幹
是永生的歷史和未來
賦予了現在
也融於將來

天

烏雲從大地升起
渴望着雨水妝點
情話附着在剪影
更新生活外的激情

樹幹吐出了汁液
黏着起世界的紋路
藥水鋪滿傷疤
把季節修復

醞釀在人間
有濃縮核心的藍天
繚繞自然中
先列舉了天堂

竊竊私語

這片土地上似乎沒有太多
值得人們真正去悼念亦或是遺忘的成分
時間公平地掠過不同的集體
儘管其中些許的核心時常荒唐時常暴戾

空氣裡充滿着沉默者的怨靈
不透明的真理同被無視的棄嬰
加上幾聲聽不清的惆悵地嘆息
一律被歸放置於絕對機密

煩惱被逼迫着夭折了它的表像
讓一切根本隨遇而安
存在於違背倫理與道德的好奇心
和乃至延續了幾百萬年
一眾膽小鬼們的竊竊私語裡

再說

匕首屬於誰的污垢
行俠仗義成殺手
甚麼高尚追求
他說再說

因指揮造物的蜂後
物質被逆流拖走
甚麼新鮮空氣
她說再說

複製中生產的自我
動腦風暴成粉末
甚麼魂魄血肉
它說再說

月亮反射不到地球
懷疑被畫作透明
甚麼面面相覷
再沒人說

啞疾

攤開大理石雕刻的語言
且看它垂涎的慾念對半
愧疚卻活該被自卑掩埋
即使元兇還能感到悲哀

只有被馴養前的信鴿知道
雲層封鎖了太陽
覆蓋着的眼有多紅
或自天空突如其來的完美
無暇猶如山洞給影子的謊言
卻通通不得脫軌

小聲一點
都當成了啞疾的病患
作為傀儡陪伴偉大的演繹
畢竟詞窮的世人才得以生存
像潮水面臨冬季一樣安靜
誰敢說嘆息和平靜無關

沉默的回音

馬廊裡讚頌的
和骯髒無限對接
如初舊時光血染今時
聾啞的大地不會呻吟

它在沉默下
把至幻的麻藥
餵養給了諸多生命
使他們即便各自迥異
卻終其一生蜷縮
在同樣面積的村落
狹小又擁擠的樓宇
透過邊城間隙
討要着星闌

只有手持疑問的個體伸冤
躍出聖地的淪陷區
帶領穿牆的耳與音
才真正親吻了城池外的光

共鳴

理想是
靈魂讓慾念勾勒出的細節
能促使於同樣分支的血液不同化
而後撒入各自曲折的人間

反轉方向後
許下願想再拾起
生成於山谷中
狼藉的回音

可際遇
無從談起
遺忘了匯聚
注射起感官的麻醉劑

但親愛的
別輕易灰心
即便進化的缺陷在升溫
迫使背離的步伐加快
也保留住了最原始的自然
連接起神經成就某一種
僅流通於彼此形而上的共鳴

清理

偷渡的原住民
趕在神使面前
雙手合十血染磚紅
用禱告刻畫的未來
虛偽遠比忠誠相似

良知在花園中被鳥蟲咀嚼
鴻光吸收着被吐出的羞愧
匱乏的感性若即若離
制壓於巴別塔的貪婪下
在那裏囤積了令人斷魂的佳釀
和各種將爛於洋流的方案
捏着原本永不該變質的愛
訓練心竅危險中變得從容

藍天創新奇蹟
守候着下一秒
當每面景象都佔領天秤
當每顆雨滴全納入考量
等瀟灑的大手
將人間過度囤積
瘋狂的殘骸
再度一併清理

回見

神明只能看透世事的萬分之一
天空是蒸騰後的大地
我們都致力於如何遮掩
在人為導致故障的法則面前
潰散進已平復的漣漪
於餘暉燃盡洋流之前

過往與未來並不會沉默
各自的先輩早結伴開墾過歷史的長河
他們時而謹言似是告誡着惡的邊界
又時而忙於出售視線所能及的善念

衍生生態的危症
人類終其一生來圓滿這混沌的一切
無法擺脫的輪迴將成為這片宇宙
抵達了廣義上富裕的貧瘠

兩面派

茫茫蒼生
走進些許詭譎
細品似是光譜的牆
一面盤算着山河的節氣
一面火光蔓延歹意不息

走向庸俗的道路
不外乎幸福多出了膽怯
為命脈而算盤
所以早在繈褓之中
把暫無實體的謊言攪拌成罪
用自以為板正的方式
把外表包裹
蛀空胸膛
都封閉掉現實的出口

在現世如今
讓一種不幸叠加在
另一種悲劇上後
狩獵者終會狂妄致死
而這片大陸上
熙熙攘攘
詮釋着
兩面派再無能被所理解的模樣

寤
夢

悲歌

悲歌未徹
疾風之蒼涼
歷史縫製成嫁衣
淡卻真實存在的餘溫

夜的留影
釘在問題上
形成一種由內而生
為了麻痺身軀的攻勢

讓朝陽的猶豫
跌撞在未來
無從考證和觸及
大抵輕狂
會在錯過後平行
這是一片虛偽的遠景
這是一場原始的荒唐

獸性不滅

籌火劫持了流水
浮懸着預熱
揭開無縫的偽裝
起伏在表面

輾轉了雲朵
重生着濕熱的皮囊
包容了瞬間
被啃食咽喉的絕望

空泛的河餵養
遠古聖潔
虔誠的萬物皆
獸性不滅

牆

誰在看鏡中的世界
惺忪時世界在朦朧
夜空在瞳孔刻印深淺
倒影裡似曾相識的心願
許是感性斑駁了港灣

動物排坐在岸上
等幻想把太陽融化
辯論着星塵
那明滅的信仰
它們把光亮遺忘
夜幕也逐漸龐大
靈魂原來只在墮落中昇華

海浪的成分是喧囂的雨滴
只因要爭搶最佳降落點
一個疊在另一個身上
擱淺是最終的結局
與樹根混合糜爛在土壤
又一次意志在洪流裏泛濫荒唐

晚間我們攙扶着飛翔
感嘆着天空的寬敞
風呼嘯時我們闔上雙眼
身體被愜意塞滿
卻看不見身旁
那座包圍宇宙的牆

癮夢

時代

煽動顛覆了意志
錯音的弦演奏得徹底
瑟縮破洞中紛擾
實現穿越扭曲的放肆

羊群在囚籠的派對裡狂歡
縱容毒氣逐漸烟滅了認知
八爪魚把牢門關得愈加嚴實

盲從所有
重蹈覆轍
撰寫又一個荒誕時代

疑問都埋在霧靄
都被忽略
於狩獵慾望的城市

光明被星辰迷惑
幻想穿鑿
真相沉淪於沼澤地

蜘蛛網沾滿了細菌
容不下任何乾淨空間
雲悲鳴時偏逢凋零雨
是否品嚐到紛飛的哀怨

算計

渴望着不可及之處的芬芳
跟你隨他順應天梯往上爬
到沒有制約的月牙邊合照
在那裏失眠者逃離了相框

神壇的下方
人族所在之處分辨不出晝夜
唯有散落着緊密排列的數碼
虔誠的信徒們居住在此
早已紛紛蒙上雙眼
都在繚繞的迷霧中
數着早已被計算好流程的殞星

人們垂涎着世界濃縮的汁液
口味卻出奇般略帶些苦澀
讓脾胃無法負擔
正如一些被攝取
而一些又被排出
香氣從肺部垂直地吸入
逐漸步佔據了大腦
已血管將心臟感染

在遠山臨近傍晚的時候
現世和往生也失去了邊界
通通被剪成兩條紅絲
掛在暗處的樹梢
寓意着未來的圖紙
和既定的抉擇
把答案詛咒
把答案赤裸

亡靈

無聲的魂魄
偉大的漂泊者
把所有遊蕩的沉船緊繫

你是守衛流淌的化身
埋伏於海床裏如海怪般突襲
吞咽起惡念生出的子女

你是標誌着善的聖水
擁有世間無與倫比的功率
因吞噬的惡慾而安定

你是所有洋流的亡靈
隨決堤歸還自我至
那未當被個體佔領的海域

創世紀後
一切物品都摒棄了重力
軀體或其他品目
當所有的物件都變平等
都等同善與惡的容器

惡魔把他的地獄隱喻成戲劇
神明只會在硝烟中維持寂靜
太多的真理被憂愁籠罩
在勢力的陰鬱下
做出熟睡的模樣

只是你闖入了陳列着我器官的展廳
解放我本該鎖死於容器下
哀悼着消弭的尊嚴
爬出於屍骸攤露的赤裸
尋找我素昧平生的安寧

終於當血液足以在時間裏留下踪迹
我聆聽到了來自超自然的密語
我將崇奉起一切你所給予的自由
把其作為生命根本的信仰

在如開始般漆黑而嶄新的混沌之中
被你釋放的能量孕育
在你的沉沒後
把你延續

歸還

我終結將歸還自身於赤裸
摘掉山河粉飾過的空殼
吐出於眾人逼迫時
嚥下的毒果
泉水中
重塑着輪廓
越深邃
越被光陰附着
我終結將歸還自身於赤裸

陸地

葉在盛夏凋零
剝削枝椏的嫩綠
一切都是被淹沒的痕跡
誠如酷暑正獨享悲鳴的沉浸

午夜鐘樓搖擺着碩大的身軀
不懂為何要在原地尋覓
崎嶇山路上攀岩喘息
盲目地搖擺直線距離僅一厘米

我看一眼死去的上帝
不過眾人狂歡的印記
線索也迷失於山河的詭計
原來銀河早在它混沌時期
便已佚失了黎明於陸地

墜落

為何提取成果
組合罪惡本身
於最初的結構
去與天真抗衡

與風適時播種
讓不知情的同夥
移動虛空
移動牢籠

天真已被天真捕捉
寬慰卑鄙的懦弱
困惑中束縛起自我
追悼堅毅的魂魄

當鄙夷一場災禍
推脫阻斷了探索
無聞施粉
掩飾起清冷
於熱血澆灌中
平庸者正在墮落

安靜

倪克斯混淆了光陰
雲層把月光收回
當安靜在海底延續
人群被皎潔吸引

一滴滴魚的淚跡
純淨已失衡
讓無瑕的礁岩
被塵蟎止息

侵略曙光的舞步
心跳也沉醉在黑夜
而唏噓不已的風
於律動前遏制了生機

墨魚

深水的一切
從來與理智和道德無關
海藻把宇宙繫在了手腕
直到自己的組織也變成深藍

洋流被當作星河的分區
實則只能在規定的軌道游走
夜晚明滅的光斑
漫長中被蹂躪得愈加柔弱

一切塵世的幻想
和繁星的點滴
都被墨魚吸收
生命結束前把解讀吐出

黑暗黏稠的延伸
在它燦爛的極限凋零
脊椎動物在感染黏液後昏迷
被浪花推至砂礫上風乾
屬於世界的迹象
又紛紛回歸了無盡的蒼白

雨

房門被打爛
將迎接一場雨的到來
雷電融進鮮花的花蕊
血紅的色澤注定被雨滴渲染

我們是被啃食的肉身
我們是被撕碎的靈魂
雨停了
又從未停過

一場更大的雨襲捲了大地
不曾受過任何庇護
對於被分屍的身軀
和終被粉飾的自己

絕跡前會被改寫
不配擁有具體
只是恰巧的不幸
還在未開化的雨裡
無緣無怨無恨無痕

一切的一切

千百種草木出生的剎那
便紛紛忠於春日
繁華與共雖敗猶榮
多樣的面貌都均被陽光採集
夢的色彩組合也從來不分先後
無論成就春季亦或被春季成就
生長的軌跡全是證明

自然的一切都被相繼深愛過
塵世將會被無數場雨落定義
水洗了歡喜和罪惡並肩的時刻
救贖被災難吸引着降臨
留下的都被包容
又好像從未開始的錯過
行星的結構全是虛擬

天真的想像
等同於花開後
便一無所有的意義
讓風雲把現世剖開
把時空歸還給自由
腦海裡光陰不朽全是意義

詩歌也始終屹立在曠野的某處
祝福着在流動的生死與別離中
設法綻放的艷麗的墓誌銘
孤身訴說着詮釋生命

最後的形式

塵世的神韻
一瞬已閃躲至遠山後
冷漠依稀而貧瘠
在煙雨朦朧場景前
佔據了一席之地

是對膜拜歡愉之人
無垠的笑話嗎
如黑雲承諾過
讓月牙在山腰後嶄露

快樂屬於拾荒者
一併紛紛跌撞向曙光
癡妄是虔誠的基底
用腳步踏響被看透的未定
引誘再來將其殉葬的風雨

巨響連綿不休
折斷脊樑和朝陽後
自燃了無用的熱忱
飄蕩中不再驚訝無需掙扎
看叢林間燃盡的根莖無痕
作為生命最後的形式啊

超凡

表像後的超凡
生命外有另外一種境遇
流通於骨髓
是比愛慾先抵達的平息

瘋狂的人甩開鞭子
抽打上帝的旨意
作為時興當下的運動
惶恐無所遁形

重複在暗夜
議論宏觀的際遇
構建餘生行徑
繁衍總歸帶着藝術氣息

從此鬼仙博弈
以為人文復興
他們倉促邁向未來
步伐正如邁向過去

初醒

理想國

光有計劃地偷渡
月表作為他千瘡百孔的共犯
把一個又一個星球
馴服於清醒時分

套用舊時的奴隸制度
在黑暗的支配下
行星交叉感染着
輕重不一的精神病
都忠誠於實現
光的理想國

對於這些個體
炸裂便是他們對彼此
最深沉而諷刺的愛戀
紛紛攀比着
為太陽瘋狂的樣子

為了填滿慾壑而生
窒息的追求
超過了一寸又一寸
蹂躪至所有都無悔地自焚
日漸明亮的宇宙
美夢又扳倒了甚麼

甦醒

關於林間的每個組織
合併後催生出極致的勇氣
美的延伸體
成為生存的吻
遺留在平凡的慈悲中

季節的甦醒
證實了青澀的雨
用仁愛的方式垂憐着
初時的形體依然為抽象的萬物

為了對抗荒誕
或許它吐出了所有
也或許僅是吐出自己
是超脫也是即興
即使無人於此欣賞
即使無人陪着演繹

實則在創作同一首歌曲
詞裏有古今共享的信念
穿破地平線的僵局
靈藥填滿了虛擬

光影被痊癒的瞬間
大地在綻放
生命也於花瓣上
抖動不停

初
醒

時刻

無限延伸的無數夢境
承載着現實花園的敗筆
在藍星的天境上
腐蝕了雲端
雨的憂鬱也變成了氧氣
把快感的謊言播灑

一切擁有過的花蕊
在波光的漣漪
閃爍過的堤岸盛開中
跌入禱告者千瘡百孔的胸膛
被記憶流放到構想的解放以後
花瓣從而被寒流遮蓋

真實與虛幻距離是那樣遙遠
我警覺自己早已不認得許多恍惚的面孔
即使一切存在於自我的意象
是如此的熟悉且深刻
像是傍晚的解放軍
屠殺中不忘吹響代表他們終將勝利的號角
宣告那些任由日光佐證過大地
總會迎來被剝削的時刻

自由主義

無法抑制蒼穹的踪迹
悲劇中散落着敝履
步伐因坦率被陷害
滋潤了最親密的賭債

反覆睥睨
稱為悖論的好奇
唏噓命運
那不可控的無稽

真我得益於
皮層下的保護機制
在觸碰時隱埋
操縱起鮮活的死士

而自由主義
將於亡徒之日
被隕石帶出
融進流星
噴湧而出
絢爛了天際

暴力革命

吞嚥起疼痛
假設撐起了肚皮
直到所有細枝末節
都能夠被精準地推測

胃酸逆流過度
消滅了一些隱喻下的異端
求援的聲響
紛紛把規則打散

我們在愛裡打開偏見
正如神明也反悔過他的諾言
在這兒烟火代表着雨夜
在那兒褻瀆也稱作膽怯

氣壓的暴力革命後
肉體爆裂出黑洞
陸續被一眾的君主制所佔有
只是物質同反物質般平庸
唯意志作為向死而生的頭顱
擁有着絕對真理性的自由

真我

浪花易碎
我們的外表孤立失群
被無數種細菌佔領
顫慄的軀殼裏
是佈滿孔洞的
庸俗的虛偽

潮水侵蝕了晚空
剝削黃昏能給城鎮帶來的悸動
人們只好急促地吹奏出冷風
這是他們寂靜本質的出口

無論是市民或旅客
此刻都乃為真我的唯一持有者
接受了謬誤的同時
在虛幻的泡沫裏寄托夢的身影

汪洋顫慄
掙脫無數的共鳴
樂聲已縱身躍入海底
又一次地完成了它的使命

島

死去不可為遺憾
只是場歸還了自身的長夢
至少在所有能被自定義的存在之間
幻化成代表勇氣的贏家

燄火熄滅在躺滿空殼的殯儀館
在新起的平民神祇的統轄之下
荒蕪堅硬的外殼隨着未知的恐懼赫然坍塌
舊時代猙獰的痙攣中
歷史觸發的圖騰在暗處消散
存在便因覺醒而使其根本強大

所以我只有為數不多的遺言
忠告那些前來參加我葬禮的友人們
由衷地邀請他們與我一同入眠
事實上這是一個把憂傷丟棄的儀式
讓我們都成為自我全新的棲居地
一座座風浪永遠無法企及的
坦蕩而赤裸的島

瘋人院

將蠟燭點燃
暴露了身軀裏
那散落着雪的淤積
人類就在融化中凝結

大抵是浪漫的瘋子本就唾棄了晴天
語言的力量時則微乎其微
常常被淅瀝的雨聲澆滅
存活在了清澈的湖面

畢竟世界只允許被界定的曖昧
人群的組成看似複雜實則十分質樸
通常由自由的傀儡
和沉默的癲狂所架構

又或許每一朵雲
都是智慧生靈的突變
但因終將墜落的雨
所以大多也不過
寧靜中喧囂的徒然

承諾

一朵花被最晦暗的時空籠罩
悸動中投身於它的枯榮
在被預設的花期的操縱下
摒棄了最堅毅的品質

又或許現實的承諾
將賦予生命一些特殊的結果
訴說着世界的運作
從來與虛妄的快感無關

我們祈求着遺失的博愛
卻紛紛於夜的盡頭相互拉扯
漸漸由炙熱走向冷漠
貌似無懼免疫失去
週而復始地重來

當初所理解為合乎常理的
被宇宙中更大的嘴巴吞噬
過濾出的新生
用那空殼的姿態
把紀錄的結果
流傳至沉默的黑暗之外

初
醒

怪物

怪物把人物帶走
把虛偽的邏輯捕捉
遺忘了很多年
那些狹隘且黯淡的
被偏見擱淺的從前

黑暗逐漸被它咀嚼
吐出全新的世界
奔跑在風中
一切理想主義都被拼命地實現
似乎是心臟曖昧的穿越
而太陽與新生兒的距離
如今卻並非十分遙遠

靈魂掙扎着相繼覺醒
都冉冉升于
敘述着自由的海平線
拋棄了無可救藥的幻想
和破碎星河的空殼

幸福在爆破時被宇宙造就
物質在時間的洪流中失重
卸下了那具麻痹的軀幹
劃破被細節支配的臉

舊我將在所剩無幾的夜晚長眠
而怪物會在新我重生的時分
平和地死去被做成標本安靜且赤裸
無數死物中唯有它的眼神存活
所及之處萬物被同化
好像都在訴說着它便是我

自由的反面

面臨的幻想
均為假像的暗潮
她們把自己送入花園
滋養在血水之間

少女們青澀的表像下
軀體的肌理均痕跡斑斑
這靈魂的避難所
彼時早已被劃痕佈滿

深知仍處於人世
一夜比一夜多的弊端
正如流放
不存在任何離別
把賭注押至蒲公英上
不在乎這一秒的苦澀
抑或是下一秒的離散

大
夢
初
醒
的
人
間

最後一次
興許是唯一一次
即將被奪取靈肉的勇者
終與信口雌黃的世界
換得了所有人生的掌控權

而向死而生的美好
僅存於獲得救贖的信念
於是隨波逐流的體面
便具現化了自由的反面

初
醒

寓言

烏鴉在睡夢當中呢喃
堆疊着忠言逆耳的寓言
變換的烏雲盲目的大氣
以及於繈褓之中窒息的
嬰孩們真正的死因

贏家尖叫着把具象扭曲
星月的孔洞被暴力填滿
天空下遠方無反響
只剩枝微末節的懺悔

第一次也將是最後一次
他在未來來臨前
與一眾侏儒宣誓
為虛妄永恆侵掠不止

午夜讓他身亡
渴望隨悲哀窒息
在繁花盛放時解放
散落一地鮮血與毒藥

那隻和幻想抗衡的幽魂
他死而後生的心臟
將會被放在公正之劍上
被支離破碎的蛇皮包裹
一同被新生的真實審判
待天明到來以後

初
醒

復述

烈日曝曬
打在屍體的正中
把陳舊而平凡的罪行
被迫袒露於大眾

當所有的奸詐與僥倖攤開
透過太陽的足跡
一束束微光的佐證
在不同地點和日子不期而遇
重複閃爍得悠久
躲藏在這時已經沒有了意義

無新意的怨念再生
當祈求到下一場暴雨後
動物把悲傷遺失於心中
獸心永不眠
侵略與廝殺逐步輕易上演
劃破彼此的雙眼

自大地復述着
無非是上一代
絕望在海洋上空
迂迴的濕度

偽善

可悲是假想敵的歸宿
寄身軀殼之外
字裡行間
揮霍着善念
捧着空泛的篇章

你長住在你的夢裡
在枯瘠的原野上哭泣
呼喊着一個又一個
肆意變通的信仰

夜海的掩飾中
淚水不再蔚藍
成為果實新的營養液
隨浪翻湧而出的魔鬼

當審判降臨時
盼望笑臉能麻痹天堂
可即便紅酒融化了泥土
也無法阻擋這死罪

噓偽裝者別講話
藏匿吧
趁你的赤裸
尚且僅流於人間

被撕裂的狼

從意志開始了殺戮
指尖沾染血迹與塵埃
婉轉在他人胸膛
荒唐成災泛濫招搖
言語比行為更為高尚
得意地唾棄
盲從黑水
貪得無厭

看星星的人
只在乎強燈籠罩下
時長為一生
帶着腐爛蜜糖
正義的表演

舒張的燄火被放大
一秒鐘熱死了白天
月圓下徬徨的野狼
被宇宙和太空凌虐
操縱它四肢
遠程撕裂了太陽

夜行
光無遺跡
歇斯底里後
明滅中哀嚎
「喚我遲來的張揚
甦我長眠的瘋狂」

初
醒

女將

日益崛起的豪傑
她把叛逆的柔軟
捏塑成堅強
一併生吞

當日落開始
不甘結出了果實
便摘下愚昧的邊界
陪着山河舞起槍

逆行大漠戈壁中
女將以長矛描出太陽
煙滅中崛起
接連不息

隕石逆光中飛翔
自焚式救贖
與星與雨與榮耀
終究點亮蒼穹

希望的手段

我在夢裏尋找你的模樣
在幻想崇拜着聖光
教廷模糊了眾人理智的意象
淪喪在統治的土壤

千年前他戴上荊棘的皇冠
頭痛欲裂眾人圍觀
羔羊釘在十字架贖罪時傷感
鮮血描繪從指縫到手腕

以倡導為名
修改着原先的根據
仁愛成為致幻的毒藥
一切標榜為希望的手段
都於被夜色掩護的黑袍下
浮現出垂涎而貪婪的心
再來將神聖翻轉

故事

領頭羊撰寫冗長謬妄的故事
如瘋狂熱血的歷史
機器人是倡導無知的公式
被鏤空短路的理智
不敢造次沒了放肆

血淚砌出城墻
棍棒下也盪漾
意識物質
散了又逝

惡言纏繞着惱怒
墜下懸崖的疏忽
護不住亡靈
比不過俸祿

城鄉沐浴岩熔
也好至少焚燒虛榮
你墓前隕涕
獨自消磨着無措
在黑色面紗下
我的靈魂早已掙脫枷鎖

意義

人群在地面掙扎
畸形的狂歡
變造牽扯着肉體
崇拜燈光

雲拉鋸着
日月的真理
步伐圈起火海
焚燒中
曲解合併的本質
用葬禮命名

重心顛倒
眾人於觀觀的半路死去
卻離家園
不過也僅止於五米

尚存的神識
卻可悲而清晰
永遠揣測着
已迷失於遠方的
無謂意義

初
醒

沙盤

信仰沙盤的人
藏匿在碎石之間
從洞眼中張望
邊境處
染菌的藤蔓
以及護城河畔
散濫的城牆

被撥出的士兵
感性遠洋
擁護軍師的推演
隻言片語中
用刀槍
模糊了山水

盲從謬誤
召喚出雷雨
胡亂中拆散繁榮
硝煙氤氳
待懦弱湧起
再槍決文明

人質

那名錯時空的人質
擁有能走出鏡面的意識
可惜流程啊一刻不停
正揮霍着程序的錯誤

每日順時針地環繞
而他游離在邊境外
不愛那些鮮活的澄瀾
卻是安於泡影的懷裡

間斷式拒絕呼吸
束縛過形式主義
親吻沙啞取代眼珠
潛入泥淖吧待觀世界

一種感官失衡的生命
病理存在逆光的表像之外
呢喃中把艷陽聚焦
直至活得更加透明

安寧

人類氧化於反覆間
靠晴天把它還原
玻璃瓶倒映在墙上
直到把城市的色彩呈現

總會繞着圓圈奔跑
與陽光的奇遇逍遙吧
灑落易碎的未來
堆在一旁
似乎圍成山脈

掉隊的從不被發現
蜻蜓扎入碧綠遮掩着
聽雨的簡訊
水坑弭平
低語在紛飛中釋懷

這片土地沒有幽靈
許久後且剩下安寧
只是墓地裏卻時而傳出
好似上着發條般的聲音

彩冰

秋月下
明艷的冰融於落葉
成就隱秘卻堅毅的彩色
把蕭索與膽怯丟棄在身後
被晚風逐個捲走

黑夜透明
奇美而粗獷
拾荒中挑出零碎的斷落
襯托下變得不再深刻
捨去些個無法把握的

任景色帶我
加速如快門的節奏
在一瞬分不清影像是誰的漸遠
恍惚早已被歲月收穫
在一個本不該存在浩瀚的汪洋

藍

我把上半生牢牢攥緊心裏
固執和倔強不斷
暴風雨般襲來
以為只要捲着空曠
便能環繞他

也曾不甘
設想質問蒼天
假如那天還有綺雲
假如帶走的人中有你

可時間是啞的
負責哀鳴的人物
在電影中
是否演繹完又一場
無聲的結局

他銷匿而去後
我再沒與人提起過藍
那抹千百年來最純淨的心靈
因思緒隨烟而逝早已朦朧了身影
只剩一縷蒼白輕飄飄裹着骨胳

就像擺弄着記憶的長槍
甚至有時它的價值
也不僅限獵手用於
刺疼眼睛

初
醒

海嘯

突然有海嘯
浪濤擠壓着肺
把岸谷吞噬
不見氧氣

月光鼓吹了風
輕撫每寸懊悔
逗弄着深水烏賊
讓愛失明

人物回升
緬懷起誕於凌晨
未被世界綁架前
純良的遊靈

感染的風暴
帶走了所有的黃昏
不朽的地平線
此刻達到了熔點

離岸流

離岸流
美麗而沒有生機
是艷壓四方的神蹟
是治癒土地的機器

光旖旎
巧合在捕捉夢境
棉絮變質成海底
吸入鋒芒和性命

隱形人
遠渡而回流至過去
嘿今日形容的大地
又是甚麼全新主題

初
醒

迷誤

石縫下沉積的產物
在井底糾纏
自甘解體
起意被潮水湧退
同泛光的明月殞落
甚至遠不及先輩來的體面

不可否認迷誤的力量
倘若鬼火不斷把冬雪燃燒
它便能漸漸讓本性荒疏
待明日的時間與歷史交織
從根本滲入自身使之失溫
無論現象將演變成何等的怪譎

大抵我們信奉的焦點
也多半如此誕生
滋養着修護褻瀆正義的種子
禱告聲生生不息
一排排明艷的荊棘
便成為了陪伴玫瑰邁向死亡
展望黑夜的明燈

人人自危

如何形容哀怨
似靜謐夜空中漂泊着
被燈火燒焦
那一張張不朽的面容

齊聲吟唱悠悠起舞
狂亂裡跳動的不屬於心臟
或屬於身體內的
任何灰色的地方

這是屬於博弈戰爭時
和自然切磋的選手的功績
是他們用戰士的生命
募集了燃燒的烈燄
馴服的一個又一個
未知的午夜
長出悲憤的地裂

當危房搖晃雲朵微涼
幽魂費盡心力產出的果
不知結在哪頁的生死簿
當面孔和動作已迷離
當各種謊言都沙啞
所謂華麗無瑕的信仰
被虛偽的氣息感動
又將何去何從

休止符

無極限翻騰的世界中
休止符變成了利刃
謀殺數十條流水線
用於切斷塵世的偽裝

此刻的一場雪或一片麥田
一切起源伴隨着已經紮根的
都在黃昏盡頭處摺疊
作為透徹亦通融的美學
體現於平庸的感官外
無視着任何表像上的區別

無條件獻身於這個時刻
即便出逃的季節
注定命運般相繼湧動
星光也炸裂了流年
就算人間的星星
其實蒸發時
本應是冷的

超脫

兩極對立
歲月背着暮光
擁有的欽嘆追求
執念轉眼悼念了
亮不起的影子

磁場上談判
再不去論說甚麼虧欠
用碑銘當作引力收尾
無人關心的塵埃下的歌

若還願
便當執行
似千百酷刑的克制
還需忍耐
石頭和屍體未散的餘溫

朝風南下
麥田操縱風向
生神火把嬰靈懷抱
恍惚今昔空泛遠比喧囂動人

下一站

他奔向了下一站
此刻雲和風都看見
展翅的鳥熄滅了月光
為無法偽造的拋棄嘆息

那些熟悉
相視的飛絮
卡在狹窄的車窗至不見
被視為遺跡
太偏僻而片面
更迭了邏輯

別回頭看
沿途響徹的未來
別來終點找我
任漣漪去渲染留白

遙遠的車站內
便讓時間看盡
生命之洩洪
撫平了踪迹

人　間

潮濕

美夢中的情人總是對現實視若無睹
交換了大大小小關於未來的謊言
只是在白晝近乎退散前
用一百種幻想的方式
來包裝一段近乎絕望的回憶

也許阻擋人們的
是那過於短暫的停頓
可佯裝出的矜持
遠比貪婪的渴望渺小
在雨後重現的天際下
我們注定會去追尋彩虹對立的兩端

夕陽的殘影尚還清晰地縈繞着大地
我知道有些期許
終究會被東亞的熱浪燃燒殆盡
所以記憶裡繼那暮色之後悶熱的夏夜
被過度的濕氣浸潤的
也不只有晚風

存在

往昔是暫居於霧靄的晦暗
無人在乎它的虛實
此刻所翻湧的海
或然皆為宇宙的廢墟

現實成為一場又一場
無法論證的荒謬的循環
涼薄是思想必然驅使的結果
人類僅擁有赤裸的孤獨

當熱愛把憂鬱點燃
一切能夠被操縱的存在
都只會在此刻生動
顯現於滾燙的浪花
那短暫而怪誕的愛意裡

靈魂的詩篇

生活漣漪的循環
破爛而完整的風光無邊
讓所有高貴的藝術
膽怯在神的面前

思維總是零零散散
慾望和假像都混淆在了一起
我久居於水鏡裡
觀測尚且被賦予的虛無主義

宇宙被揮發到匿跡
幾個夏季的恣意妄為
全然不知去向
何人何事
何從談起

死亡也不過
又一場日落的倒影
我們浮沉於黃昏
用浪漫和熱忱開拓出理想
歸還生命的載體

而靈魂會撰寫
有限的春去秋來花落花開
經驗傳承的知識
以及專屬個人世界的歷史

我的詩篇
被最靜謐的語言填滿
緘默中情懷深藏愛裡
句終也不會敗壞

平衡

接受無法被調和的必然
宛若新生兒的傀儡
用血流的方式
把一抹火紅
燦爛在綠葉與花果之中

當一個人的愛意與理想
相繼被真相蒙羞
他便會忽視基本的一切
如同於空蕩蕩的花園中漂泊
而那個晦暗不明的春天
則會成為自然中代表共鳴的
最後傾聽沉默或吶喊的聽眾

與錯誤交集的產物
在故事的結尾睡去
溫順平安而寧靜
永恆不變無止境間定格
極致的空洞成為詼諧的平衡
在河流把悲劇演繹的那個下午

牧羊人的孩子

牧羊人的孩子
你不要在曠日的狂風中哭泣
請跟隨清晨的第一縷陽光
去撥開層層雲紗吧
掀起那繚繞着靦腆的絨羽
袒露出最軟綿坦蕩的內心

在白鴿與神明的注視下
私奔碰撞起舞
恰逢你我靈魂濺起的漣漪
使湖泊熠熠生輝
像醇酒炸裂揮發於潮汐
在水平線上熱烈生火

即使生來只是為了死去
但回憶會葬在繁花青草間
如同此刻的我們
永存於蟬鳴響徹的聲浪
夏日因而由此綻放至最佳

愛的自然式

鐵閘內的動物在注視
被反動力驅使
生而便處於赤字
消耗鮮少的立場
麻痺了心臟
藏匿好瑕疵

社會把生物的本能一併圈養
任風雲把所有的行為擺弄
生動變成了觸發處罰的契機
憂愁活在了每個赤裸的目光裏

眷戀成痴
帶走滯留的吻痕
吶喊成疾
紋身撕破又附着

在世界之初
一隻鷹獵祭雲霧
似朦朧被釋放
在漏洞中填補晨曦
將愛的自然式
凝結成了真諦

盼

當風雨如晦
掉落銀絲幾縷
思潮中參雜過酒
合併被霜色挽留

開闢者不被眷顧
一種誕生的毀滅
讓斷言縮小恐懼
一種形式的循環

相比起烈日
多雲泛林間
躲避中追尋
更易去悟慧

只是舟似葉
隨風遠行
無立點
只剩下漣漪
隨風企盼
無力點

戀人

雙手播撒着
午夜的張力
感情融在月光
滲入土壤裏

在暴力的見證下
兩種絕望的結晶
被風霜玩弄後
暈眩於浪花

大地顫慄
把故鄉遺忘
朝陽依偎着海岸
脫落一地昏沉

迷失夜色的戀人們
喘息於地心
他們
在混沌而透明的
引力中
守望着老去

幻想

空隙在幻想中瘋長
漲大莫名的意志
侵蝕神經視覺
堅持無數場荒涼

拉長時間
設計着乾癟
乾澀雙眼
撐開了無言

光源漫步於夢
紛落雷電
將起點焚燒
原來歸途是空
現世暈眩
已把未來的路環抱

不死鳥之年

不死鳥輾轉在前
懷抱費解的寓言
高歌吧人海裏請勿瑟縮
去嚮往幸福隱晦的學說

假象的爆裂聲中盤旋
吹滅無用的曲釋
激推夜空點綴的支線
城市早建於夜間

時間不止有歷史
光影豐收在秋日
涅槃後霓虹再次淪陷
一眼後便定格了千年

水仙愛情

如果遼闊
許諾被縱容
冰川消瘦
正追從胸臆

毒液撲火
成為灰燼中的白羽
便幻化花海
燃亮月光一次回眸

引力錯過
何妨繼續遊戲
和星星私密竊語
聆聽風廁磨着雨

水仙繫住荊棘
香氣毛孔內四溢
昇華空氣
晃蕩浪漫水滴
吸入肝肺
吐出愛與真心

藍天

時間的廣角裏
我們匯聚成線
組成圓盤
分割了藍天

大夢初醒的人間

未完成的時態

我深愛着每個未完成的時態
像冬季還懸掛在枝幹削上的紅葉
冷風把夏天的深刻寄托給了霜雪
那個不屬於此季節的一切

柴火把時間烤化
襯托於文字間不存在了的隔閡
去讀不再把現象具體的古籍
用筆墨沉溺密林反覆省思生命

這次候鳥不再回首
田野也只是守候
它們默契依然
一縷極光中
擁抱着膠卷
裏面塵封了三年的山脈
它決心遠航至將來
啟程奔赴
那未被玷污的地方

舞者

用大半輩子
在荒漠中取捨
忠誠卻輕易讓理智旋轉
遷徙中暈眩了七次
癱瘓是一瞬的浪漫

動物起舞
自然的螻蟻
圍着重複坍塌中
再次堆砌起的建築

工程之浩大
初雪已覆蓋起整座城市
弄濕了人類的瘋癲
群人共舞

舞是極致的夢
有平分的錯落
所以喧囂寄居於
臆想症患者冰冷的顱內

此時若蒼穹起火
也已無法阻止
那並不稀有的步伐
淒婉且病態
充斥在各個路口
作為被執戀來建造
每份渴望的幻象

漣漪

謀殺未完成
釀造氣氛
尚餘微涼

一聲巨響
空白倒流的迹象
有宇宙和它的意志

抓緊枯木與死灰
我們泛泛而談
四季遺漏了冬日
花卉也祭祀般盛開
星光在斑駁
愛不論晝夜

那時我們會自稱
在沸騰時獲得了熱烈
當兇手是滋潤大地的營養
像被太陽吐出的謊

粉碎了水平面
阻斷了延伸體
而漣漪永遠存在
而漣漪永遠清醒

遇見

萬物總有億萬種重疊的方式
人類最終也無法全然的屬於自己
一生始於詩句的詮釋而終於言語
只能夠被一切的相遇所堆砌

如自然的一角
潺潺流水沖向岩石
收容着它的尖銳和粗糙
而水最初的純粹
也隨着遞增的
也止於溶於其中的礦物質
石塊在溫潤新生中與之共鳴

可不論何時何地
在浪漫下產生的眩暈
總恰巧地佔據了理智大腦的一半
想必這乃是神所賜予的
終結絕對智慧的悲愴
也可被解讀為命運的多舛
而導致的不可逆轉的歡喜

於是乎我們成為帶着限定軀殼
終日變幻着內核的新生兒
為對抗與生俱來的匱乏
在所有本該漠然的荒蕪耕作
收割着平凡而悠遠靜謐的生活裡
共生於無數遇見中
那些本無意義的愛情

刻痕

面對得失的品格
是非如同被高溫模糊的概念
人潮洶湧地圍在壁爐旁辯論
把謊話解剖把博弈演講
笑着猜着贏且輸着
都在舉辦一個
於最初就已崩塌的聚會

搖晃不同星星的愛人們
各自在躁鬱或清冷的宇宙中
分享着似曾完整卻缺着角的彎月

互道的珍重有賴於光束的表達
它凌遲着漸行變遠的腳步聲
將篤定送給了意外

也許這是久違
出自我的
贈與洋流的禮物
一組由各種島嶼而合成
晦暗又深藏不露的
藍色浪濤的刻痕

馴服

海馬被馴服
用火紅布匹包裹
宛如置身煉獄
隨冷冽的血
剎那凍結了溫度

詭辯者也自卑
嗜虐溶解沉浸
主宰真偽的天秤
把一半變得破碎
當惡棍成為絕對

頂峰向上
美是虛偽
靈魂判給曖昧
依附肉身之物
理想被金句屠殺
再無力量違背

空蕩蕩

窗把夜色掩護
茶盞裝着月光
苦澀中愈加困難
直到被爬牆虎佈滿

蘋果漲大
蛇肉讓肚皮腫脹
種子爆炸
坍塌了幾座燈塔

人類等不來解救
粗俗是膽怯的
墨水浸濕的紙張
修飾了純潔

風暴露在空氣中
吹散了謬妄乖張
殘喘的都在歌唱
顯着的都已隱藏

今夜的天堂啊
依舊寬敞
依舊這般
空蕩蕩

等待火山

消匿在血液飛濺的頂峰
等待許多非重要時刻
去實施不可控的暴政
以便用於窺伺明日的終端
那一切絕倫美艷與悲劇的絕境

當下身陷於其中
便不會去思考它的流動
反之只是推從向心的火燄
任由被黏稠的熔漿渲染

無止境的前奏
開始被怪誕詠歎
作為火山的常客
開始在心靈的煙霧中
任意支配起事物的濃淡
而對死亡瞬間的極致追求
何嘗不能是一種形式上的圓滿

人間

假象

昔日的艷陽天
已逐漸化為被割裂的假象
法則早將燦爛局限
再不定期的放任些許風雨
點綴在歲月的激情裏
介於美顏與殘缺之間
映照那逐漸衰竭的塵世
灼熱成無望的模樣

於是你把所持有的一切寄託給了幻覺
因與生俱來的感性足以令靈魂分解
海洋學着自我鞭撻的人類
逐步撫平了陸地邊界
這世間萬物皆注定傾泄
於被黃昏毀滅之前

恍惚間在聲聲對上帝的哀怨中
我最終窺探出了
那藏匿於你寥寂容顏下
瘋狂滋長的
附滿了愛意的悲傷

春日遐潛

帷幕被好奇的獵人強行地扯開
總控制器首先向系統發動攻勢
讓生於工程革命中的勇士們
在通往蹊徑的方程裏死去

那些被孤寂席捲的平民
注定在藍天的出口流離
艷火不再被崇尚的氣息澆灌
太陽神貌似不久前便拋棄了他的子民

雲迹混合了七味淚滴
雨勢攪亂心願的構造
融化的不在少數
壓縮的愛
只好蜷縮於花苞裏

最後讓黑夜蔓延成海
抹去幾乎是浮生的所有
把不屬於春日的一併捨棄
遐潛至假意為浪漫的盡頭

膠卷

我不知每個人
是否都有一個屬於自身
存放在膠卷中
無法被降解的夏天

時間不再只是陳迹
人們對照片的定義在於
通過那滯留着的幾次失去
使得回憶所能夠再度呼吸

列印秘密的小黑屋
似有繽紛的內裏
塵埃中軀殼和屍骸
也同永生花般存在

角落裏最珍貴的藏品
在反覆的沖印中面世
如天空流入海洋時
那顆蔚藍而鮮紅的心

黑暗黎明

在被雲層隔離的世界中
煉獄成為了天堂的終點
所以我回到了我的地獄
再不把明日向何人提起

引力把我們拉近
用一種似曾相識的傷感
使其身於我們一同被束縛
然後便沒有任何剩下的人
能夠把這秩序維繫
導致那吻痕下翻滾的熔岩
將永久性的嵌入心靈的鋸齒

還好蔚藍的星球
偌大而寬泛
從未有黯淡的時刻
失效的落日伴隨着發電機的聲響
把黑暗響徹至宇宙各處的黎明

初始

延續這空泛
比萬物古老的黑夜
永遠在俯視着枯至半黃的軍隊
復述着艷麗和殘酷
曖昧立場的殺戮

戰爭的詭譎讓未死之士暈眩
恰逢暖風引領着來自冥界的說客
讓他們沉醉於足以致命的蜜糖
流散愚庸的泛泛而談

一個虛偽乖戾的贏家
出生於未曾透明的世界
他是地獄的產物
播撒花蕊代代傳承的毒液
遺忘了烈燄的最初
也原是引自天堂
仁慈的種子

佔據

以一滴血換一整個不凋零的月
人類為違反上帝創造了哲學
可惜世界的背面傳來顫慄的消息
似乎都來自那從未間斷過動盪的季節

在強權之下面對
淨土被酒精擦拭
洗條了所有活物的心緒
自我被幾顆釘子固定在原地
靈魂早已沒了呼吸
彼此變成木訥的蛇
在框架的體制內
信奉同一種乏味的假象

在急驟晦暗的環境下
羞恥心被迫遺忘
方寸間只剩下戰火還在延續
暴動中存活的生命不具有價值
都淪落為撲火的砂礫
直至火光掩埋大地
燃亮了一切有關於酒神的信仰
再逐步把葡萄的莊稼一一佔據

行星的遠方

躊躇在生活的窗前
細數着裂痕
發現霧靄有跡
來自被朦朧蠶食的勇氣

常以為人間空空
一切表象都是寂寥
現實總是和夢走散
所剩的都已腐朽

或許年輪的本質
令雨露難以觸及
可留在土壤的刻度
也足以生產出氧氣

可信仰曾經參雜過淒涼
狂妄有時也能被稱作為美好
作為即將出賣月球的光
明日拿出所有皎潔等我
培育更多無法怠慢的片段
反射至畫夜的交際處
然後組成所有耀眼的行星
穿梭到約定的遠方

遺址

沉落在持久雕零的年
曠日糾結了整整十一個月
一切關於荒誕派對色彩的描述
以及歷史生長的因素和高度

顛沛流離的溫度
人間如風如雪
一陣風談何出口
一場雪沒有盡頭

左右行為
是潰散的美學
容納焦點的瞬間
是遺址觀望着下一座
正在被十二月構建的
論及未來的遺址

神蹟

指針有個狹隘間隙
膨脹還是溢出了魯莽
克萊因瓶裝載理想
樂章到底許願般流淌

說一個不可企及的預言
愈演愈劣
只有沉默透明
做一顆永遠背光的種子
依舊掙扎
星河即是烈燄

絕對的純粹
被系統性地刺痛的存在
把理性釋然
獲得顛倒兩極的方程
冰裂人為主導出神迹
那日雪山上住滿了太陽

釋放

一個個迷惑的面容
浮沉在悲鳴的浪潮
只是細節經過打撈後
怎麼都如此模糊變樣

到達漩渦中央
暈眩的奸詐與浪蕩
曲折麻痺了覺悟
憂傷在響亮間身亡

走失的魚群
烈陽下曝曬着
縱享緘默的自由
和絕望裡
各種各樣
被假設的希望

而人無非
就如此站立
又如此消耗
直到被遺忘釋放

種子

雷雨在我的山川中無所遁形
你來了
隨風而至
將所以期慮一併摒棄

我們是大地的種子
而我是空殼的那顆
飄零的棉絮充當了我的軀體
時常柔軟而霉溼的內心
匱乏的喜悅
也未曾被開鑿

在炙熱乾涸的河床
一個個等候者早已瘋狂
邁向狂風的步伐
撲向追逐水的垂涎裡
而擁護火燄的我們
已長成了遇火舞動的樹林

實驗

腦海在漸近清醒的時分
徒然半途而廢
意識從不期待被主宰
事物存在的可能
在腦海外逐漸瓦解

鬆弛的瑣碎
呼出的濕潤
愛情的必要性
和無關緊要的真實

所有分析的細節
宛如肆意流動的虛妄
隨意識所不被延續
逐步在記憶終止前落幕

我看見
任何結構
任何形狀
任何的

我
和她
和她的他

我們
被強制性歸順
於不同的隱秘隔間
最終在世紀結束前
淪為實驗的總結

後來

雲不爭
雨也不響
後來從頂樓伸出的手把它們散去

兩顆行星
承載殞落的證明
失真的懺悔從如今的裂縫中溢出

而世界會吟唱
直到死亡把它分裂
我們終會被形而上的問題所戰略

嘆息

混沌的夕陽
眼裡盛滿了相同的黃金
烏鴉是天空褪色的痕跡
卻早已看不清

認出了熟悉的晦暗
是否我的認知始於睜眼之前
凝視着神明的侵犯
是否我的存在始於失憶之前

傾斜的時間
使死亡的聖潔失效
飢餓卻源源不絕
所以歸途的彼岸
很快又傳來了一聲嘆息

內核

感知是血的奴隸
地獄以其他的稱謂自居
生的唯一意義
用作對抗着狂歡的境遇

權利的漩渦
一個統一意志的溫床
個體赫然出局
何談對真實的想像

我記得抗爭者被粉碎的身軀
作為驅使歷史前進的燃料
成為苦難的解藥
治癒偉大的癲癇

欠缺的記憶
是我們瘋狂的證明
空虛的年華
破碎在不透明的水鏡
眾人再次被相對的真相灼傷
只好赦免一切皆為悲劇的內核

往回走

世界的果實變得具體
枝椏上結出了
一個個倒掛的烏鴉
停留在
似是臨時
卻永恆的住所

動物漸漸於乾涸的時刻
嗅到濕潤的氣息
原始的瘋狂紛紛落下
逐一被解放

大霧掩埋了歸途
將死的生靈
只好搖搖晃晃地
從一個夢走向了另一個夢

河流

霧靄　費解的語言
被驟然的狂風打散
終日　思維把世界旋轉
反之亦然

疑問在傷痛的表面就此隱沒
人們只能窺探
任何關於地震的假設
以至於迷宮中生出名為溪澗
流淌鮮血的河水

而後河流歷經漂白
被流傳成積雪
一併等待着
被古今丟棄

大夢初醒的人間

作　者　林柏希

設　計　鍾凱飛、梁婉儀

監　製　姜　建

出　版　香港文學出版社有限公司
　　　　香港鰂魚涌華蘭路20號華蘭中心24樓

印　刷　雅昌文化（集團）有限公司

版　次　2023年3月第一版第一次印刷

定　價　HK$88.00

ISBN 978-988-74058-3-2

9 789887 405832